地納於心

周漢輝

名家推薦

周漢輝詩齡已趨成熟，他的詩質紮實、視野沉潛，情懷眼界總是不著痕跡地，橫略過險世地界，拒絕歌頌、張揚和一切浮詞，唯對心念的人間抱持同質對等關注，寫實中仍有所超越，留下我輩所重的一介錚鏦淑世關懷。

——陳智德／清華大學中國文學系副教授

「香港公屋詩系」不是一般的藝術寫實，它是香港一幅筆墨淋漓的民生圖，呈現了你我共生共長的歷史回顧和經驗。同時亦深化了所謂「草根」的複雜性和多樣化面貌。其餘兩輯與前者一脈相承，〈密居誌三首〉讀後難免如作者一樣沉吟：「城市的牆已夠繁密／像上帝勤於關門／而馬虎於開窗」。食物詩背後有人：咀嚼食物，也咀嚼香港。《地納於心》，願我與你同讀，走過崎嶇的前路。

——關夢南／詩人、資深文學編輯

閱讀一座城市的身世，以空拍、梭巡、掃描、長鏡頭等多重運鏡，深情注視香港的街區、住屋，進入人物的生活與記憶。周漢輝的詩會說故事，空間櫛比鱗次，時間倒行逆施，人物、情節、搭景都真實動人。

——顧玉玲／作家、臺北藝術大學人文學院助理教授

推薦序一

香港：道聽途說，肉身咀嚼

鴻鴻／詩人

《地納於心》是記憶之書。但什麼人需要記憶？什麼事物需要記憶？記憶其實是對失去或即將失去的一種渴求、一種企圖掌握的勞作。周漢輝寫的是一個既古又新的香港，一個含納許多人成長與失落的香港，一個既美好又驚悚、既赤裸又神秘的香港。這些詩被分為三個部份：日公屋，日街道，日飲食。從私密經驗到公眾生活，從道聽途說的奇聞到肉身咀嚼的滋味。這是一個不願香港落入想像，而及時搶救記憶的努力。

周漢輝每首詩篇幅不長，卻都有小說細節，系列作更逼近史詩視野。香港有近半人口住在公屋之中，寫公屋便是寫庶民眾生相。像許鞍華的天水圍二部曲，生動鋪陳光暗悲喜的日常。周漢輝則在公屋系列中，化身為死於嫖客之手的妓女、丟棄嬰孩的母親、偷父親錢包的少年、還有貓與餵貓人，糅進自身成長記憶，穿插雀局、K歌、股價、樓市、鼠的厲叫，以及粵劇、電視劇、流行歌、日本動畫電影和天主經，把市場般的嘈雜，混音剪輯成狐步舞。最後五則「動物篇」以動物喻人，不啻昭告，其實公屋便是人為自己蓋設的動物園，近看是悲劇，遠看是人間喜劇。

這些公屋詩最令人佩服的是，雖偶露溫情卻不忌生猛，沒有被緬懷的暈黃光圈所掩，「沒有路再進山，只有大暗生自微光」。

地誌詩不免讓人聯想起也斯、馬朗的傳統，飲食詩更是也斯致力的領域。周漢輝敞開來的書寫大有承接與開拓的意味。在地誌詩中，他有也斯那樣細細述說的耐性，也有同步於生活規律的歌唱韻律：

青楊街上坡也下坡
承擔小貨車接送你
上學前放學後
返抵工場，更像回家

周漢輝詩中的「你」往往是指「我」，也就是詩人自己，有時卻藉這種默契，輕易把讀者推入另一個搖晃的角色，〈天水圍北三首〉和〈辛三首〉的各三個角色便是如此一遍遍震碎讀者的座標又重新築造。而其中某些詩作的宗教意味，更特別耐人尋味。像是〈天主教小學旁〉寫一個又似遊民又似神祇之人，聽「神父代神說話」，任鳥在「白髮髻上築新巢」，結以「風自古吹來，進入你的空腹取暖」，這溫暖的神來之筆，得以滿足讀者的空腹。像所有探觸生命核心的詩行一樣，值得深深收納，一讀再讀。

周漢輝的飲食詩卻脫出詠物慣性，寫的是時代流轉、人世幻變。港式特色飲食在他筆下，每一道都承載著濾鏡後獨特的人生況味：用龜苓膏寫藝術創作、用碗仔翅寫同學的曖昧情誼、用兩餸飯寫母親、用杏仁霜寫父親、用炒栗子寫生死。我尤其喜歡〈雞蛋仔〉，寫互不相識的阿楓、阿豐與阿鋒，不住吹拂的風以及食客菌集的蜂。周漢輝對語言和形式的掌握，與他的主題渾然一體，像五臟俱全的麻雀，不作勢卻讓你知道牠隨時能飛。

詩集最後一帖〈熟食小販市場〉寫老父為孩子一家四口送別，檔主夫婦「疲憊得無力再談當年」。這老於生活滋味的一筆，無意間道出了香港社會此際的疲累。下架的詩、遠離的人，這是香港的時代傷痕，作者即使無意直接寫運動、寫抗爭、寫無底的黑暗，遺緒卻自然溢出紙面。即令如此，我喜歡周漢輝的節制，那讓他不會被淚水或熱血蒙住雙眼，看不見世界的複雜：「昨天兒子傳訊直言掛念／你煲的老火湯水，但你記得他下班夜歸／寧願喝啤酒。」——詩，可以留下的，畢竟是這種複雜，而非濫情。

人生畢竟有明天要選擇，而昨天，已經真切印記在詩裡了。

推薦序二

小傳記式的空間詩學——序周漢輝《地納於心》

廖偉棠／作家

假如香港將來還有香港文學雙年獎的話，應該要補頒一次詩歌獎給周漢輝，不是因為政治（如果那樣豈不跟上次的擄奪一樣？），而是因為詩歌本身、詩人的意志本身。我們看到，周漢輝並沒有因為「公權」對詩的不公而停筆，反而越寫越好，交出了這一本更當得上香港詩之正典的詩集。

為何說是正典？因為周漢輝是梁秉鈞（也斯）最忠實的傳人——無論在主題還是技術上，而且因為身處草根的視角，他獲得了比後者更寬闊和更「汗淋汗落」的身體在場感。也可以這樣說，周漢輝融合了梁秉鈞和鄧阿藍、馬若，補足了梁秉鈞因為詩外的原因而不得不失去的詩的受難。受難磨礪詩質的堅實，詩心則使受難出離怨懟，兩者缺一不可。

當然，周漢輝的香港已經迥異於梁秉鈞的香港。他必須衝破先行者已高度完滿自洽的賦體書寫策略，才能接住香港的深層、但又架床疊屋、千頭萬緒的現實。這是周漢輝要面臨的挑戰，也是整個香港詩也要面臨的挑戰。

我曾試圖指出：「周漢輝的詩儼然自成一世界，雖然繼承和發揚著香港本土詩歌的敘事傳統，實際上也接軌美國自白派詩歌以降的小傳記式寫作，並藉著強大的宗教感去拉住不斷墮落的現實。」此其一也，而在宗教信仰的加持下，周漢輝詩中常見的第二人稱（梁秉鈞也愛用）獲得了純粹訴說、邀請加入以外的意義：祈願，甚至懺悔。這個「你」有時是愛人、好友、陌生人、香港的同命或不同命者，當然很多時是詩人自己的寄生、以另一肉身完成對自己的奪胎換骨。

同時，這本詩集裡彰顯的香港公屋的空間詩學，必然是與法國巴什拉（Gaston Bachelard）的空間詩學所相悖的嗎？前者略帶一點居住正義，但更多的是階級計算：設計者一方面要滿足社會福利的需要（甚至加上一些想像力）但一方面要保持與私人屋的檔次差距（心照不宣的），但後者有時產生出特殊的美學……這些都是吸引寫作者的香港微妙之處，換言之，香港需要新的巴什拉。

周漢輝卻以上述的小傳記式寫作介入，給空間詩學帶來時間維度，他本人作為世紀之交成長的一位香港人樣本，被他自己充分解剖，這些都是彰然在目的。我更看重他把他人的傳記加入之後的更進一步，尤其是大時代山海欲傾之際，他人的命運已經容不得詩人以第二人稱娓娓道來，但詩人又不得不以詩作網承接這一切。於是就有了這樣一首「關於詩的詩」：〈飛掠——黃大仙東頭邨〉，這是西方論詩的傳統，但東方一個公屋少年的決絕倒過來接住了這首詩，這時候已經不是周漢輝在寫詩了：

為一首詩作始。他從較低的平台
沿長纜拖動下接圓盤充當座位的
滑輪，跑回較高的去，讓其他孩子
輪候重複著他，剛才凌空劃過

片刻，像自由在社會規範中

他過早有了認知。設定隱喻。
假日探望外婆，在邨內遊樂場
飛來掠去，踏地，隨孩子們四散

但他像仍踏空走下去。構思轉折。
成人們界定不安全，遂拆毀並忘卻
給未來的成人們設置種種安全——

去年他隨眾人走上夜街，面對
全副武裝的一方，移近外婆的家時
片刻想起那些孩子。收結一首詩。

這不禁讓我想起在二〇〇七年左右我也寫過的「公屋詩」，我的主題其實是「準來港媽媽」這一特殊、特困的群體。有時，公屋的烏托邦式規劃是有為她們帶來慰藉的，並不全然是困鎖。但無論如何，巨變之後，「殖民地福利制度」帶來的那個臨時的陋托邦也將名存實亡。

也許有人會問，這孜孜不倦、鉅細無遺的關於香港的寫作，對香港以外的意義為何？比如說詩人現在寄身的台灣？這個問題，周漢輝已經嘗試作答，而且他那些小規模「素人」傳的寫法，讓我期待另一種「萬人譜」，香港周漢輝的注定和韓國高銀的不同，至於共通之處，必能溢出島嶼而相連其他眾島，因為島的本質就是無須人為邊界。還有電影、流行曲、漫畫的介入，都在拓闊某種標準「香港詩」的既定框框，而事實上這些因素本來就在香港詩中活著，它們不一定溫柔敦厚、不一定上綱上線，甚至不一定香港。

……作家著眼於未見：
諸多錯失的浪擲
包圍一次命中

像當晚出發流亡
多人在機場給阻截
而作家悄悄通行登機

飛行中構思飄泊的龜
至死才知龜背恆示天機
寫進一本為文犯禁的小說……

——〈龜——公屋詩動物篇之四〉

這裡面暗含的命運預言不一定屬於詩人本人，而是他對我們寫作者在此時此刻的閃躲與挺身而出的矛盾的直面。龜是不慣漂泊的，但既然它已經漂泊，且讓我們期待在香港詩的進化論上將要出現怎樣的變異。

目錄

輯一 香港公屋詩系

你的臉容恢宏於／也細緻於城市

輯二　香港街道及地誌詩

風景／教你放空自己

輯三 香港飲食詩系
苦味令他特別清醒

輯一

香港公屋詩系

你的臉容恢宏於／也細緻於城市

樓壁裝嵌了郵名，麻雀
安歇於筆劃上，像另開
一筆——觀微，描物
對別人略過的細節著迷

山海十四行

——屯門三聖邨

山

山嶺蹲在窗外盯視你成長，晝夜
對你沉吟兩套語言，當你終於失蹤
世界苦尋你，你才聽懂夜丘上
孤燈救活一面廟旗，摘風來搧造

面山的海，像禱告與詛咒一樣

堅硬——一道門關拒父母，一個屏幕
抵擋社會，一把參差長髮隔開時光
你一按滅斗室燈火，已身在山中

沒有路再進山，只有大暗生自微光
全程錄載妓女命喪嫖客手下，焚屍
焦跡經失常少年踏消，登廟近神

恰跟你同途，異時——一廟儒釋道後
蹲著拿樹枝畫沙，像這幅人事，那幅
天意，當你終於失蹤，世界苦尋你

海

深水埗沒有河水海水，劏房中拆開
來信，放出屯門海濱溶收一家三口

青山灣，公屋單位內望去，粼光
像笑著補償昨天，證實你患自閉症

升讀中學，執著在心頭養成孤山——
步上嘉道理碼頭，盡量入海，偕父母

後來父母厭了踱海，山便領你獨走

踏乘浪聲，看釣客枯等、泳者破水

索性感覺自己就是水，是燒烤場上
每個輕易快樂的人，跟學校同學們

融洽相處——他們欺凌你，像父母
斥責你的老師與社工，你始終求救於

海，接受流水的治療，畢業後無業
傷口下倒垂你的險峰，峰尖漏失一座海

蒼穹下

——荔枝角華荔邨，並悼一位小五女生

你見過耶穌，身穿牛仔褸褲
眼角有傷，前臂沒入馬桶穿透
瘀塞，穢物，一點空氣一點光
哭聲浮上來像生命還未自母體

脫墜——你從女孩的血泊爬起
一身清白看她伏地，同學們
在轉角操場上玩度尋常小息
你自知在世上而與世無涉

沒有人聽見你喊叫，沒有人
得見你仰望校舍頂層走廊
你剛陪女孩攀出欄杆外——
微細氣泡顛倒著女工，浮破

廁泵落下，耶穌與你之間
她才像無物，觸不及神聖
只插手觸及胎盤，棄嬰呼吹
她的指頭，後來你再也遇不見

耶穌——城市總向自然吞納
排泄人口和垃圾，你也活像多餘

行街登樓，聽搖滾看電影，認定
那一齣經典由同類執導，蒼穹下

世人頭上，憐憫，愛，到自投凡塵
黑白畫面從此只有色彩。劇情外
紅，濃含脈搏呼息，幻想記憶
流下渠洞，滴答滴答，一個成年人

來了看了，更多個來看了，轉往
角落或入室，密談著諸如校醫
收生，殺校，你隱身於他們中間
多想聽一聲女孩的名字，像棄嬰

早於子宮內適應水流，當公廁中
大手在挖取小手，為馬桶接生——
初生後再生，一眾消防員歡呼
救護車尖號開路，你跟坐車廂內

循坡道途經荔園，正在拆卸
大象鬼屋，夷平碰碰車仿宋城牆
才萌發華荔邨，催長豪宅大樓
圍攏過去像井壁框止了水，井中心

在一所基督教小學，溝渠邊血漬
風乾了一天一天，待水柱先濺透你
掃帚擦掉你腳下的痕跡，你便枯坐成
一道痕跡，刺入天空俯瞰的眼睛

仨

——屯門山景邨

兼向前輩詩人鯨鯨〈手勢〉一詩致意

阿妹！
三聲呼喚
你驟覺走在三條路上

山溪滑繞芭蕉樹叢
葉蔭煽旺夏日，及蟬叫
哥哥蹲下生火你抱來蕃薯

才掩耳。中學學兄伸手
把你拔出戲扮厭吵的童年
日落捉緊至入黑，聽他表白

三角小亭分別髹上紅藍褐色
都剝蝕褪色，像設計前衛的車站
作廢多時。你挺著腹中骨肉

在亭前回頭，丈夫落後著深喘著
你望往更低處，坡道下，密雲踏地
播雨——滿口烤蕃薯餘香，哥哥拖你

從屋邨後山奔下來，避進三色新亭

你看哥哥的臉轉過去，面朝那方向
雨幕中浮現黑傘，護送學兄與你

入亭。世界，給遮隔在亭外
他一開始托起你的下巴，適應了後
你倒抱緊他頸後，纏吻以至吮吞

對方的時光。「奇異恩典」
丈夫一顧手機，皺眉，按斷來電
你知道房東又追租，像劏房狹壁間

那麼緊迫，便仰對樹梢和陽光
吸一口大氣，步聲流過，小兄妹

溜回邨內遊樂場，㵘滑梯[1]搖搖海豚
受洗未乾，雨後長渠撒一山的水
積水在轉角，哥哥弓身撈捕蝌蚪
再放生，你模仿，捧取一把生命

像掌紋活起來游弋，指縫——
漏出懷胎的你，當蟬靜下
聽見餘音來自體內，撥水踢水

羊水隨之穿瀉，你痛啞了

---

1 編註：㵘滑梯，粵語使用方式，即「滑梯」。「㵘」有時用作動詞。

還撐站，丈夫撲前扶抱你
驚出亭下一對年輕南亞夫婦

瑞田樓記

——深水埗白田邨

上帝瞰覽過一條條城街
盛衰像他和她，學曉站立
步行，跌跤。上課，後來
工作才一起，行抵今天早晨
被自己的影子遛著走，領入
樓影下——這辦事處往那
辦事處，保安阿姨指示他們
找另一保安阿姨去。邨樓間
冬風馳過廊道，迎頭輾至

他們瞇著眼，道旁靜物呼嘯
像房屋署總部內，配房程序
卡隔住人群，職員頻喊僅餘
年長者獨宿單位，廚廁共用——
石凳上數雀吱喳談著三年後
申請調遷，還是以綠表抽居屋
待他們走近即換回天真鳥歌
瑞田樓在白田邨中最卑矮
不涉重建工程，噪音卻迭敲
戶內，他們按鈴喚舍監引路
窄長走道那麼熟悉，穿進
文件字句中間，女子宿舍裡
她是戶主，單身，他只可日間
來訪，拐彎處他見證她簽名作實
老婦人摸著道壁扶手，晨運緩行

注視他們步入單位，像未來人
回看今人，早知命運——正面
兩片窗光前，一見屯門山脊
決定租住。劏房中一留六年
情感起伏成稜線，承托禱告
同居，一直為了成婚。再在
兩片窗光前，九龍樓堆親近
上帝旁觀窗內，也許眼神柔暖
他們在空氣中比劃，預留位置
給衣車與畫架，從前劏房容不下

搬家日

——屯門友愛邨、安定邨、龍逸邨

天空長出傷痕，雲跡斑斑間
叢生著長長雜草，像賭具撥分
你的際遇。石凳上平躺，起來
視線把天空拗下來，佈置對面
安定邨。長草從水泥花圃揮別你
草影劃地像家人正搬家，你抽身
留連屋邨露天平台，蒙上童年的
塵埃，眼睛癢癢的早上沒有其他人
平視愛勇樓五樓多扇窗戶，最接近

那一扇中，室內多書像你的家居
你修讀電影，家有很多導演專書
奇斯洛夫斯基華納荷索侯孝賢
指點你沿平台旁的斜道走下去
像推軌上攝影機探視時間的形狀
螺旋而下，畢業後你本想送書予
比你更愛電影的同學，他住在劏房
窄小僅容生存，容不下你的好意
他的女友也沒到過當中，需要
便相約在旅館，不像你和女友
相約在你的家中，母親陪外婆外出
倒是給姐和姐夫撞破，你才記起
失業午睡間早已聽過那回事
從廁所裡傳來。一隻蟑螂緊追
另一隻，攀出你腳邊的外牆

爬抵下一層，像製作畢業短片
你和同學閃避公屋保安的巡視
偷拍泊車大樓，那些邨民駕車出入
剪接點出制度漏洞。而你一家人
知道另一漏洞，提早獲批額外
一間公屋，更在原有所住的附近
愛禮樓在友愛邨邊陲，屯門河
割分土地，以搬運雲跡，對岸
有龍逸邨，你終於走到新居
一起執拾。日光垂刺，斜削
母親和外婆的身影在窗旁喝茶
你隨興架起遠攝鏡頭，遙隔流水
回看舊居，像看老電影的情節中
你也生於漏洞，源自一層乳膠

柏德小學

——舊牛頭角下邨

仿若多年後瞳孔收縮，對光
對你一樣。你的臉容恢宏於
也細緻於城市，甚至我在城中
生活只像你無意間投造剪影
而你身後牛頭角道正有意外
車禍，或天降異物——仿若
柏德小學恰佔童眼般大
低年級用前操場，高年級
可用後操場，我跑過小息

五年長，校園外馬路常像
匆促童年，總沒有意外岔生
想像不到日後自己再路過
有你，執手走了諸多難走的路
才一見工地上泥濘堆聚
像牛頭角下邨不過縮形了
我仍在其中上學——別跑！
風紀捉住我，校園裡禁跑
我往自己內在跑，身體在
操場角落受懲肅立，同學們
相繼飛奔遭罰，排列在身邊
像支持我，一起唸說天主經：
在天我等父者，我等願爾名見聖
我還不知信，也還不知不信
隨全校學生在早會上唸誦

沒為甚麼禱告。五月，改唸：
萬福瑪利亞，滿被聖寵者
所有人轉仰向聖母像——你
吻上我，雨水就命定傾降
機臂動工移塌泥堆，我倆繞行
避雨，新邨從泥土噴薄起來
總有眼睛在後來看過來
教人一無所知，像我曾認知
未來已來過，隔著一堵校牆

飛掠

——黃大仙東頭邨

為一首詩作始。他從較低的平台
沿長纜拖動下接圓盤充當座位的
滑輪，跑回較高的去，讓其他孩子
輪候重複著他，剛才淩空劃過

片刻，像自由在社會規範中
他過早有了認知。設定隱喻。
假日探望外婆，在邨內遊樂場
飛來掠去，踏地，隨孩子們四散

但他像仍踏空走下去。構思轉折。
成人們界定不安全，遂拆毀並忘卻
給未來的成人們設置種種安全——

去年他隨眾人走上夜街，面對
全副武裝的一方，移近外婆的家時
片刻想起那些孩子。收結一首詩。

活感

——觀塘鯉魚門邨

對岸筲箕灣驟亮，天裂了
又趕及拌和像傷口湧血
你的眼領著手，鉛筆
仿畫陰影，餘下光的層次
在習作簿上。向晚海濱

他與釣竿漸見晦淡，筆觸
依此疊深，柱燈按時亮起
他收竿背海，挽一桶魚獲

與你在黑夜下依燈光回去
像深藏諸般期望，又照出

某些往事——情感怎樣
開始？大概沒有旁人問過
你倆知道，根本沒有人
想知道，像生在世上的
理由，從不來自一道問題

先經三家村的錯綜小徑
像時有導遊講解臨海漁港
本為面山石礦，你倆小心
穿越過客們——故鄉沒有海
你穿越大片內陸而來

無以想像他生於濤聲旁
多番搬家也沿岸線遷移
香港，鯉魚門邨，你倆
上同一所中學，互不認識
認識在課後，走下屋邨

是鹽味的漁村，海水
卻總比你更像活物
你素描下來操練活感
這回事，遇見他涉水
垂釣，沉探海所給予的

夢能

——灣仔勵德邨

熵，時間，命運。工餘
閱讀後，你又再計算居所
按揭還款，在公司結業前夕
像從夢中窺見另一場夢

眼睛眨動。勵潔樓的
圓形走廊環環複疊，駁通
瞳孔，引目光投向天穹
投向深淵。你明明記得

某天從初中課本撿出枯葉
放飄下去——眨眼。便修改
物理定律。在口袋裡掏出
交回地上，以自移作為助跑

騰躍至書的內頁，像跳板
彈飛升空穿越樓層，直送
家門外的走廊，姊姊手上
一串鑰匙。你也明明記得

姊姊頭上，高於天台，雲間
有人模仿著姊姊一舉一動

像殘影因日照眩目錯生
看上去反像本體，投射

姊姊的人生。父親棄家
母親積勞而逝，你和姊姊
各自謀生，像魂魄游離於
軀殼——Ghost in the shell

荷里活科幻電影改編自日本
動漫原著，租借你們的家
拍攝未來特警重尋身份
重訪老家面對親母，記起

自己原為反政府學生領袖
像你們搬家，公屋換作居屋
房貸取代廉租。你在夢見
勵德邨後，回邨去。地下大堂

保安員大姐戴上口罩，可認得
口罩掩臉下的你，像慣見的親人
略胖身形脹到贅肉疊積，你誤以為
她在工作中不用工作。多年鄰居

老婦的白髮脫落只剩寥寥，問你
是不是轉值夜班，又問起姊姊
是不是再婚搬走了？回答了卻換得
重覆的提問，像認定你從沒離開

她的電視機正播放仿新聞專題
登門追訪中年姊弟為了居所反目
一方在鏡頭前哭訴給對方驅逐
你趁廣告時段，移步鄰室門外

門後一家四口晚飯中笑談瑣事——
CUT！外國導演宣佈拍攝完工了
劇組大伙合照留念，你和姊姊在旁
面朝深邃的圓，聊起不如聯名買房子

晴雨交界

——深水埗元州邨

放飛空拍機之前
那一雙手翻過
出埃及記，夜裡
火柱，晝間雲柱

雲色濃積蔽掩夏日
光圈擴張在你自己
已擴張的瞳孔中
快門，眨眼，交錯

練習攝影，預備退休
於半個月後。構圖
上下，分別遠和近
你聚焦遠山和山前

李鄭屋邨。黑白
彩照，本體與陰影
感覺悶了，鏡頭才從
家窗內下搖，對街

舊樓天台上鐵皮陋屋
屋頂反光斂消，承受

雨打，男住客出門乘涼
身上只穿內褲，頸項

垂掛毛巾，活像另一個
同老的你，你執巾角
抹額，遙記半輩子以前
也住在天台的家。從上

俯觀他替代你，他合掌
仰臉拜拜，晴天雨天恰在
馬路的兩邊，你像屬於
神明那邊的人，佔據陽光

清晰拍下百道雨線停留
背後景深間，拜天的人形
模糊融化。傳予退休友人
對方覆以攝影比賽網址

說你可得獎。你報名時
空拍機瞰攝市貌，馬路
像界線，劃分樓與樓，晴
和雨，入黑又逢半月夜

人行天橋

——元朗朗晴邨

匠人砍鑿木材，好為
另一位木匠之子做刑具

一根橫木交錯一根豎木
沒經刨直、打磨，人體

靠上去，下釘，作為天
與地的交點，像人行天橋

作為他與她的交點
他還沒懂禱告，她代禱

朝向橋旁一大片空地
像未來的隱喻——鳥

從她腦後飛出，一分
為二，追逐、飛越

這聽說本是元朗邨
第一至五座徙置大廈

空中劃出長弧，像慢刃

輕輕剖開時間的切片

他很正常，多受親人
照料，像她也很正常

親人多使喚她幫忙家業
他僅記得父親打工養家

她深深記著家業破產
前後的細節，不論前後

她皆得工作賺取注視
薄酬及夜中學畢業學歷

與他結識於蕭條時代
同任正常低薪的職位

聽她閒聊過去，他倒是
說不出往事，像活得尷尬

更尷尬在天橋上告白
以後他再作前半生所作

受她照料。在最壞的日子
相愛，人生會不會好起來？

雙鳥銜來食物飛進橋底
有巢隱藏在建築結構間

像他與她只在小得正常的
房間藏居。朗晴邨和世宙[2]

已座落橋旁，他站到橋邊
盡力伸手接近這公屋和私樓

而她正在橋下看見他
手外那段凌空的距離

但她看不見他早到橋上

前方不見人，身後也沒有
空橋有一瞬間誘他相信
所有記憶本是種種虛想

2 編註：為長實地產發展商建於港鐵朗屏站上的私人住宅社區。

觀瀑餘事

——香港仔華富邨

地平線上先有第一隻貓
感知時間，養活餵貓人
白日叫眾街貓脫掉影子
以毛色斑紋和傷痕流向
一份份糧食，像你誤信我
十年，今午又依靠我所判斷
迷了路，好奇隨貓聲踱行
偏偏走對了——瀑布灣公園
窩在華富邨一隅，你待在

長欄以外，我攀過去涉足海
遠洋貨輪橫破一道航跡
我記起相關歷史，開埠前
歐洲商船常經此取水食用——
蒸汽船不依航跡，兀自轉彎
進入瀑布灣，船首像浮山壓岸
給你一聲喊掉，我打消想像
回頭直見白水由崖邊飛墜
半空中接連撞擊巖面，扭曲
水勢，山水遂不息呼唱紓痛
當崖上豪宅貝沙灣高聳華美
手機鏡頭割脫不了自然與樓貌
拍攝高牆瀑流，留為寫作材料
侍應端上西多士，剖開金黃
火腿露面像我們重談行遊過

天水圍天恒邨，深水埗白田邨
沙田新翠邨，馬鞍山恆安邨
你為了伴我走走，我為了訪邨
作詩，寫多了不及寫不下去
不及初秋下午，清風偶經
記不起關上的門，光顧邨內
老店銀都冰室，髮絲飄起
日落在絲襪茶袋中，萬物
由此停駐——直至下一杯奶茶
沖成，我們分嚐了才感知時間
像飽貓無求，懶慢晃過門外平台

我們的快樂時代[3]

——屯門大興邨

聽從日心說，地球在虛空中
在軌道上旋移，公元一九九九年
「讓我有勇氣去喊停」
陳奕迅的歌穿過收音機

3 編註：詩題出於陳奕迅發行於一九九八年同名專輯之歌曲〈我的快樂時代〉，由林夕作詞，林建華作曲。詩中有引號句子皆出於該歌歌詞。

恰好你從飯桌旁停下手來
像大半年前，月事中的房事

由你喊停，聽完客廳電視機
音樂節目傳來這首初聽的歌

才讓自己的血和肉再受衝撞
「沒有結局也可即興」

你草草吃完碗中飯，鐵鎚
再擊打血和肉，結束這一切

一天終結在另一天之始

夜與晝在窗外塌墜
「長路漫漫是如何走過」
同一首歌穿過廣告

從中年街頭歌手口裡
唱出，我晚於你十多年
才留意一首歌，但你比我
還小一兩歲，早已刑滿出獄
早已活進下一段生命
我則在寫作上有所開竅

寫像拍電影的詩，詩中有
像河流的人群，人群中混有

尚未開竅的自己。看許多電影
聽許多歌，寫許多憤慨和憂鬱

打許多手槍，在家中疏遠家人
也沒幾個朋友，年少像自我幽禁

「寧願讓樂極忘形的我」
你在初中拍攝洗髮水廣告

穿白校裙，期待世界打開
裙擺沾一點紅，在朋友居所

在認識不久的混混身下
強暴，後來做愛，成孕

過程像你讀不懂，我也
寫不了的某本絕版詩集

你選修文學，任中文學會會長
完成會考後轉校，高考成績足可

報讀大學。「離時代遠遠

沒人間煙火」白校裙下懷過

三個孩子，都誕生於大興邨
孩子父親家中的廁所，丟棄

晚生的兩個，只留下頭生的
放學揹著書包趕來照料女兒

和男人，像你熟讀的女性角色
唯有你自己在讀。「毫無代價

唱最幸福的歌，願我可」
法庭上你為人生中的五年

作供：如果唔鍾意
就唔會同佢生幾個啦

才向法官認罪。案情包括
當時女兒知道父母爭吵

打鬥，知道你下手作案
我還從新聞資料得知後話

靠寄養家庭養育，長大了
販毒入獄，像傳承生命的惡意

講座，詩作坊，傳承寫作
我帶領一行多人的文學散步

終抵大興邨，路經案發的
興耀樓，眾人解散便下雨

雨水浮起街上地磚，水勢
迫開所有路人偏往低處

彼此擦身，像我人在屯門
說不定你也在，女兒也在

「唯求在某次盡情歡樂過

時間夠了，時針偏偏出了錯」
雨後曝曬得一地閃光，光
聽從引力論，太陽諸星捲入銀河

再大不了的時代[4]

——馬鞍山恆安邨

「如此年代滿障礙，如此時候
預計將來」[5]將來在第二十八集
方敏跳樓前，穿掠過自己的眾臉
她們尚懵懂於命運，像家人們
撕不盡走廊所有字報，詞堆猥褻——
昨夜凌晨才重播至第六集，恆安邨
安置方家，三姊妹與玲姐彼此貼坐
雲吞麵搭油菜，還咬有一段對白
一家人商量開店，在津津茶餐廳
拍攝。多年後烈日撐裂某午

我睜眼仍掙不開夜色，你在旁
不比我清醒，喋喋細說著後話
方芳方婷墮死，玲姐中槍身亡
大奇蹟日，像光影畫在同桌對座
那張老臉進食時愈朦朧愈年輕
說不定見過當天攝製經過——我
離座繞溜向方家的圓桌，趁街坊

---

4 編註：電視劇《大時代》為香港 TVB 電視台於一九九二年播出的二十五週年台慶電視劇，由韋家輝監製，鄭少秋、劉青雲、藍潔瑛、周慧敏、郭藹明等人主演。故事講述丁家與方家兩家之間的恩怨，涉及股市等內容，與香港不同時代環境均有呼應，被譽為「神劇」。詩中玲姐、方芳、方婷、方敏、慳妹、方展博、大奇蹟日、〈紅河村〉歌詞均與此劇有關。

5 編註：為譚詠麟〈我的生命我的愛〉的歌詞，〈我的生命我的愛〉為電視劇《大時代》插曲。

結帳走開，坐在杯碟餘食前面對
鏡頭，你持手機拍照，我碰翻杯子
檸檬茶流漾中勾勒人形，方敏就此
舒臥在著地聲後，你與我垂看那地
憑弔甚麼後，抬頭向恆月樓上
我想進樓，樓腳便踢出小情侶
鬧門，掩上，我們已走經大堂
入升降機，十一樓，十四樓
步下兩層梯級，自通風大窗眺過
馬鞍山，一山蒼綠也始終俯瞰著
樓叢崛起，邨民生養分家，偶成
劇集的場景，牽引此刻我們偷闖
碰見山色靈秀——一二〇六室
方家住近走廊盡處，窗光像井
挖出大幅陰影，鋪抹廊壁與家門

不如片廠燈光下，通明得沒有
細節可以不清不楚，我們來回
穿行，油香輕逸，某家正炒菜做飯
慳妹也為鄰居方展博做飯，相識
吃到別離，我們不得不餓了——
小情侶緊接我，坐在圓桌前
舉神棍自拍，不察覺有我們
在另一邊好奇注視，他們吃了
喝了，外出走我們尋著走的路
像領行往遊樂場，木柱群組搭
梯階上平台上拱橋上鋼鐵瀡滑梯下
自拍上網，以光代步，拈一首歌

折返：「人們說你就要離開村莊」[6]
黑夜猝臨，活埋二〇一五年
慳妹陪方展博泣笑，刻入木質
和金屬間。「想一想你走後，我的
痛苦」[7]琴音幾乎不曾收止，屯門
工廈劏房中，我們總缺一扇窗
開向天空，遂開動電視機，時候
還早，一九九二年的劇集尚未播映

---

6 編註：此為童謠〈紅河村〉歌詞，在《大時代》中作為慳妹和方展博愛情悲劇的象徵。

7 編註：〈紅河村〉歌詞。

橙路

——觀塘和樂邨

向陪我成長的日本動畫《橙路》[8]致敬。

日語歌，竹節，斜坡
順勢流下去扛升了腳步
你唸小五，恭介初中轉校

8 編註：《橙路》（きまぐれオレンジ☆ロード，台譯為《古靈精怪》）為日本漫畫家松本泉所創作的青春愛情漫畫。講述擁有超能力的男主角春日恭介與兩個女孩鮎川圓、檜山光之間的三角戀情。漫畫在一九八四年至一九八七年連載於《週刊少年Jump》，完結後，發表兩篇特別篇於《Super Jump》一九九六年十號、《週刊Playboy》一九九九年四十四號。後亦改編為電視動畫、劇場版動畫以及小說。

他點算著梯級，不像你
放學後仍要走下，便長大一天
從後看他按劇情推進縱身
接下風中紅草帽，初見阿圓
長髮瀏海，爭論九十九級
或是一百級，就在坡頂
教你仰頭，像康寧道豎立
向天空舉獻燈柱與花樹
你猒望校巴後窗外，想像
駕駛倒行的車，從世上退駛
小蓮走半個長形車廂
把你拉回去，聽她未說完的
鬼故事，桃木劍斷即咬破指頭
嘩——痛入臂內美怡才放手
你才寧願多痛，片刻。午陽

分透車窗，小蓮背光播下魅影
美怡與你聽下去時，鄰窗是
你家的電視機，結局時空交錯
阿光留住短髮留住配角戲份
於三角關係，主角倆終吻在樹下
你們仨在和樂邨下車，說再見
兩個背影各走一方，你望此
顧彼，像恭介，猶豫得，失足
滾落梯級，而記憶倒靠此挺立
奔跳，像脊椎支撐著肉身——貓
你說有，有了。上月主日崇拜
然後你陪她出入童年，那是
屯門山景邨。阿們。她頭髮
不長也不算短，愛聽你談往事
貓獨守坡頂，垂看坡下小片竹林

像一大把逗貓棒，搖移視線
折回身旁你的眼內，貓人互止
你只牽緊她，念及另一隻貓
恭介家中所養，從動畫畫面
跌出，打過呵欠，低頭瞟你
再伸懶腰，你正學著點算梯級
來倒數灰雲吐飛一頂紅草帽

加餐飯

——上水彩園邨

1.

惦記過冬多於度暑
「冷得我騰騰震……」[9]
父親只唱新馬師曾名曲

9 編註：此為香港著名粵劇佬倌新馬師曾首本名曲《萬惡淫為首》首句曲詞，在香港家喻戶曉。新馬師曾（一九一六—一九九七），原名鄧永祥，香港著名粵劇及喜劇演員。

首句，在家中的火鍋
先下紅肉後下菜，還在菜上
澆食油。飯後不許母親
倒掉餘湯，整鍋存入冰箱
留待於下一餐，放飯煮粥
是一品鍋呢，父親說起來
表情舒坦起來，像斷氣時
在病床上。阿們。天父
也有祂的遺容，那天晴朗
風削薄淡雲，至無形

2.

屋邨平台食檔的冬菇外形[10]
保留在記憶中，時光涓涓
倒掉——塑膠壺和玻璃樽
分別傾盡濃茶和啤酒
一家人少有外出晚飯
也只往樓下，光顧父親
東家。他給自己斟酒
母親給你與弟斟茶
伙計們接連上菜，問這

10 編註：香港俗稱「冬菇亭」，即為熟食亭，是香港公共屋邨獨有的建築設施。因大圓頂外型如冬菇而得名。

問那，素常的卻也不好答
像炒青菜，京都骨，當比
家中小菜味濃，而母親愈燒
愈淡，隨著父親飲茶代酒

3.

餐桌上總有魚，蒸大眼雞
撻沙[11]，煎鱠魚，像吃的還是
同一頓飯。母親把魚肉分予
你與弟，你們才會按捺著吃下
父親吃下餘剩的。你遷出

自立多年，多吃豬扒雞腿
已不抗拒吃魚。當老家同一張
餐桌上，父親只吃光整尾魚
脫下假牙休息，問你的近況
作為人父沒有神聖，然而
也不壞，像他沒有揭破你
這壞兒子翻掠過他的錢包
為了唱片、戲票和書

11 編註：即比目魚、大地魚。作成魚乾後，多作為雲吞麵的湯頭。

打麻雀

——公屋詩軼事篇之一

家在牆的間隔內，像身體
把人與人區別，肉眼看不破
牆外，但聲音傳來喚起
另一種視覺，越牆、入室

隔壁小姊妹的偶像，樓上
青年們在夜深前喝酒唱K
樓下婦女雀局，跟戶外
棲樹的麻雀互作打擾

恰像一截人生的時間線
在搓牌間選取和拼合
命運所予，又摸索偶然
也在聊天間丈夫老去

子女就學工作成家生育
避談有人脫序潦倒，推倒
整副麻雀，搓亂、重組
以為下一局像輪迴或復活

而你過於平凡，聽過許多
仍不相信。你在電玩上

才會打麻雀，程式自動
砌牌和計番，還容許變牌

母親向來不會打，她打工
做家務，退休後留家更勤做
在婦女圈子外，擔憂你的
終身大事，與你自己一樣

隔壁談著股價和樓市
樓上靜穆，樓下有嬰兒
頻哭，雀局轉由遠處波濤
搓下去。疫世下宅度假

你偕母親赴離島旅館
躺於浪大的海邊，始終
無眠，像徹夜夢迴屋邨
所有已完局的搓牌聲

停電剪影

——公屋詩軼事篇之二

一反規律，影子伴飯
菜香中從深淺暗處
母子摸找替代的光

燭火像水浮夕照
諷刺了地主公神位
血紅過甚的長明燈

手電筒照向電視機

黑屏隔絕孩子的渴想
卻讓童眼注視光的形相

暗室的窗框住外邊
其他暗窗，全邨同暗
母親為此舒氣釋懷

孩子倒眺見不少窗前
光點閃移，遂問母親
像不像很多鬼魂？

邨外市光稠密，像圖書
在手電筒下展示宇宙

光與生命稀有並反常

孩子日後的孩子也在此成長
翻遍父親的藏書，以手機
看劇集，為當前停電拍照寫詩

線上發表：「相比光，天父
主要說無光，黑暗便來
進佔世上遠多於一半

有過光的人們
發現了電，私下
造光、城市和規律」

墓景——公屋詩軼事篇之三

沒有光在。
但雨、霧
和露水
總尋得微隙
滲下，觸及
死亡般靜定的
生命
它擘裂自己
伸展上去

像手
屬於胎兒
母腹內本也
沒有光。
但超音波
顯形的影像中
手摸往光源
被阻隔的方向——
從墓旁長出
嫩草
枯萎了
霧散時
新生嬰孩
才來到墳場前方
公屋大樓上

一間居室
成長於室窗前
遍山墓景和綠意

信

——公屋詩軼事篇之四

一封信投進郵筒，翌日
或多待一天，寄上等候
已有幾年的消息，像信封
太薄，幾乎盛載不了內容

母親瞪視著，父親通宵
未歸，宿醉中被質問行蹤
灰藍晨色淹染家中，你拆閱
父親從樓下郵箱收到的信

像近來你喜歡讀科普童書
光年，星雲，公共房屋
編配，上水彩園邨，核融合

父母也傳閱了，改談起未來
家居和升降機；你卻想趁還在
跑下八層樓梯及斜坡，渾汗折返

狗

——公屋詩動物篇之一

時間長出參差的稜角
總要修剪、理鈍
像做人，像做狗
及做狗的人

劈啪。
你為狗剪指甲
他為自己而剪
另一個他著家傭代剪

你在公屋養伴侶犬
還教牠像人順服
他致電管理處投訴
吠聲隨他的指甲刀起落

家傭的僱主當福利官員
作風低調，回家更像官
指罵家人的聲線
讓名種家犬吠叫應答

政府發來最後警告信
風闖窗來，抓亂你

頭髮，吹疏，吹白
像狗被久養的老態

他，跟你一樣生肖
故鄉相鄰，也老來
中風與喪妻，像只是
沒有選擇養狗的你

人狗上天台，或往街角
像獲准養狗前，狗繩拖著
房子和生死，掛於欄杆上
轉身，狗見人走遠便吠喚——

他再投訴後，出門親赴
福利部門，為津貼被削減
求情——劈啪。甲屑遍地
僱主離開，家傭善後清掃

貓

——公屋詩動物篇之二

萬物生成自太極，陰陽
圓弧張開嘴巴，伸展懶腰
又蜷曲為原初的天地玄理
街貓轉換睡姿，毛色黑中有白
留宿街頭前，被久養在家居
像白中有黑的家貓，曾經
流浪經年，學會街貓現正
學習的，才退休到你的家

睡在家或在外，兩隻貓
都有夢歷過從前，可像預視
彼此的未來？街貓遇上過
貓屍，也見證過流浪狗
活活咬破貓腹，扯掉內臟
像揪出世界殘酷的根源
家貓多睡來報償自己
但常瞇著眼還抬頭裝作
清醒，待你外出便吃
貓窩旁的糧和水

街鼠逃脫，街貓卻沒有
窮追，有人無家也找不到
錢和食物，但找上街貓

如是在家貓跟千戶人家
安居的公屋邊緣，花槽前
人伴貓同坐，互聽對方的
餓鳴。保安員巡邏而至
街貓閃躲回花槽裡，窺看
背負大袋家當的身影離去

你從祖傳小店下班
繞過散落斑馬線旁的
家當雜物，歸來面對
家門，恰巧記起那天
有貓自來，在門外抓門
現在家貓於睡眠以外
也不想多動只有轉身

坦露毛腹，引你去搔
生命的溫軟質感

夜半街鼠厲叫幾聲
街貓酣眠，鼠貓之間
杜鼠藥四散。半月
刻留於日出時，晨光
掩映在花槽的枝葉間
拂動街貓身上黑白流轉
像學會原初的天地玄理
街貓伸展懶腰，飛向萬物

鳥

——公屋詩動物篇之三

你壓平一封離婚信
紙上文字仍像偏離
原位與本意，滑向
折痕，這是你與兒子

分住前夕，想好的
囑咐未有說好，兒子
先向你問字。你翻轉
信紙，慢寫兒子的名字

逐筆橫豎，轉折，交錯
像人間的遇合，你倒也
受教。兒子指向字裡
那一筆，說他母親所說

祖母、老師、同學所說
你從兒子的瞳孔偏離
時序，滑向已過的童年
人們搬動家當，遷離運進

你戛止在人與物之間
認識入住不久的屋邨

樓壁裝嵌了郵名，麻雀
安歇於筆劃上，像另開

一筆——觀微，描物
對別人略過的細節著迷
長輩與朋輩都指正你
教你指正不了自己

總把那字多寫一筆
像作為與世界的間距
你以此為兒子命名
兒子卻問你寫錯或不

在分住前夕，兒子
隨你到邨後山坡近看
排水口密佈在護土牆上
容納雀群自多方飛來穴居

龜

——公屋詩動物篇之四

時間設在零點：
一枚二角硬幣甩離
中年人的指尖

一隻龜伸出頭了
在龜群逼聚的
屋邨水池中

作家離家路過池邊

一瞥硬幣與龜頭
之間似有一條虛線

染疫後失業一年多
中年人耗光半生
積蓄和好運氣

踏在同類身上曬太陽
那龜被棄於此沒多久
在下的死去也沒多少天

作家著眼於未見：
諸多錯失的浪擲

包圍一次命中

像當晚出發流亡
多人在機場給阻截
而作家悄悄通行登機

飛行中構思飄泊的龜
至死才知龜背恆示天機
寫進一本為文犯禁的小說

但此刻皆未可知
時間設在另一零點：
無人來看池底的幣堆

魚

——公屋詩動物篇之五

你高舉一杯水
樓下水族鋪燈光明亮
玻璃杯壁的透明
和水的透明
差異之中
魚擺動長尾鰭
擺佈光色和影形
提早上演其後的故事
魚按照天性

直對同類翻張鰓瓣
以敵意衝撞、掃擊、噬咬
暫代你和小學同學
出於人性
測考、競賽、爭執
孩子間吶喊喝采至無聲
像魚一尾一尾
游離水
未找著下一款玩意
你先在家中馬桶沖水
渦流像異樣的眼
盯視魚從水底浮回來
眼神也如此異樣
再沖水攪動清潔劑
白沫淹沒多個年代

你遷出公屋後寄居各處
房間一個比一個
小和破
刷洗馬桶頑垢
白沫溶消
魚游及水面
鑽返水族舖的水杯內
你持杯貼近眼前
魚眼大得異樣
巨體在杯壁間扭曲
尾鰭深黑中裂開一線彩縫

輯二

香港街道及地誌詩

風景／教你放空自己

城市的牆已夠繁密
像上帝勤於關門
而馬虎於開窗

幸福與詛咒

——致屯門河傍街

颱風按時推翻生活
也飽受樓壁擠壓磨損

殘餘涼意吹痛你的眼角
隱有傷口對流變特別敏感

針孔下屯門河水退露餡
他的血管積塞淤泥與惡臭

海洛英與美沙酮同在附近
他不管黑暗昂貴光明價廉

河傍街一邊鄰接公立診所
一邊帶你和妻談起去年風季

妻還在另一區診所兼職
風假中你冒風雨伴送上路

八號風球或黑雨下照常開放
男女老少照常排隊領毒藥止癮

沿街撐傘俯望河道偶想有沒有

兩岸住家包含你倆的排泄物

街頭西鐵站尚待恢復通車
街尾麥當奴晝夜聚眾像聖堂

你倆跟他一樣喜好黑暗
想起來倒沒有相逢於戲院

巴黎倫敦紐約米蘭戲院
散場門口開向屯門河潮汐

漲潮時記憶看過夢裡套夢
潮退了忘不了蟲洞與時差

河傍街一直與鄉事會路相交
貨車在此撞倒偕母過路的孩子

血淚外圍你倆才跟他初見
來回幾個眼神像生命般輕重

你牽緊妻穩住眼前一切意義
他遙想好些故人好些前塵

繁庶市面需要流通廢水污河
幸福需要詛咒像你倆需要他

他似乎不知道你倆住在樓下
你倆大概不知道他獨居樓上

西鐵站吸煙處在上層露天平台
你倆工餘遁走一角呼吸天然風

香燭燒盡鮮花萎碎在腳步間
河上白鷺振翅至溶入血紅浮霞

上坡，下坡

——致屯門青楊街熟食市場

青楊街上坡也下坡
承擔小貨車接送你
上學前放學後
返抵工場，更像回家

從各自的家起步
在工作上遇合
在工作以外結合
你牽著我冒雨登高

沒有多高，工場也不過
安頓於熟食市場角落
你定睛，魚蛋冉冉升起
父的虎口擠造每次日出

一把傘子像倒載的船
運我倆逆水——工廈浮避
因工人們流失多時，無重
唯孤島靠爐火殘留洪流中

火聲像風，餐具整天交響
像成長，伙計食客間話題像

父握你的手，教你的虎口
也握有日後你兒孫的虎口

我們的手分開了，雨歇
條感靜有多深。你低頭
對工場故址，後對凍檸樂
泡沫熙攘，正呼召昔時盛景——

我自然不在場。熟食市場
同一食檔，人群依時回流
下午茶，例牌奶油多，鴛走[1]

1 編註：奶油多、鴛走，為香港茶餐廳點餐俗語，即奶油吐司、咖啡加奶茶而成的「鴛鴦」不加奶。

包圍父與你，偷閒才像工作
當我在場，食檔送客關門
街道處處雨窪，摘錄雲變
和沿街你告訴我的家事
青楊街上坡，也下坡

曠工記

——致屯門青碧街

天空之城，臨降在
八百人的歌聲中
日語抑揚間，你
一腳踏實，另一腳
已行空，乘一陣好風
經青碧街口——拔開
耳筒像抽掉水塞蓋
天地重新湧入你
身後青山公路車聲

呼嘯，眼角處細浪
擦響沙岸，盛夏
凡雲朵皆悄然低飛
比鳥鳴更接近你
樹蔭草草收納天空
和聲音。光隙遍街
你時明時晦像得反省
適應了靜，倒聽見更多——
葉落，梢長，蟲爬
也蟲飛，地脹，風
轉向，禱告，是你的心
蟬叫終止了整條短街
你沒止步，解開襯衣
鈕扣，把衣擺抽放隨風
隨嘉道理碼頭行抵

地的盡頭，坐在邊緣
脫下皮鞋襪子，遙感
腳下的海水——倒影
在預想你此際正曠工
復遊水濱，舒一大口氣
而彼時也獨坐在同地
汗衫短褲配涼鞋，盼待
有工作在身，身旁老是
二三名中年釣客，有魚
無魚，都對竿盤膝，閉目

代罪

——致屯門仁政街，念城市所砍倒的樹

街道發端於細葉榕下
枝椏撐起時光，根柢
沉掘命運，像樹旁
垃圾站，代城市受罪

燕子一代一代飛越路人
金鋪藥房或銀行，普通話
或粗話，翅膀收摺在密巢
簷下臨觀可有眼睛仰望

唐樓恰抵著太陽，怒吠
在高處，光抹去了狗
像一再失效的神諭

街道發端於細葉榕下
枝椏連接根柢，像樹中
長有亡樹，代城市贖罪

後記：屯門仁政街有一棵細葉榕給列入「古樹名木冊」，編號 LCSD TM/7。

天主教小學旁

風吹老幾棵榕樹，鳥自來
一窩幼鳥相爭，趕出一隻
可最早試飛，跌宕著，越牆

牆後小學辦開放日，操場
諸般遊戲，讓孩子們耍樂
更讓眾教師賭博，收生多寡

校外公園窄小僅容幾張長凳
無人時你來坐下，家當坐在鄰凳

已顯眼像坐擁兩座樓房

鳥歸巢便不再年幼，家巢空著
成長沒甚麼好不好吧？張嘴低鳴
無意喚動樹下的你，但你隨聲

仰見一鳥離巢，求偶，枝葉間
互追。你不常有伴，有過的
也不常記起，除了朝日夕陽

和那一對灰貓，天天出入園旁
麵檔，行經你身邊歇成溫軟的
心，有時候惹得清道夫歇下勞動

暫坐撫貓，你暫借掃帚打掃
自己的地方。雙鳥並飛中一起
便溺，撒於歌聲後，禮堂高處

聖像收束人群的眼光，祭台上
神父代神說話，鳥聽不懂人言
像人群聽懂也沒有在每次彌撒後

發現你。鳥影飛出校舍，在你的
白髮髻上築新巢，餵養一窩幼鳥
風自古吹來，進入你的空腹取暖

訊號山

星辰在一座訊號塔上方
只是光的碎屑，而此塔
久已停用，它運作於你誕生
以前，塔頂有銅球升降為記
向航越時區的船報時——你
在時間之外遇上她，一起
往內看，星際像一筆畫就的
巨幅圖騰，亦亮亦暗為記
來不及道別，你先進入母腹
隆起成塔下的山丘，丘前
海港、遠嶺與天空空闊。

卻像產後的子宮復舊收縮
還密集贅生瘜肉、腫瘤
或癌——城市的天際線
細紮塔旁小公園，像丘下
建築工地與垃圾站夾藏
園門，而十年前你在鄰街
上班並對此塔此園，及時間
以外之事無知——與她重逢於
世間的初遇，共事，在起初
猶豫要不要缺席面試的公司
像你走過園門，上坡，拾級
足下一枚石子滾開你的腳步
你滾下去，不，吃力站定
回看直挺上來的梯級
心跳聲和蟬叫中扭轉形態

螺旋樓梯縱貫訊號塔內
你摘除口罩，看塔窗
容許你看的有限風景
追想與她有很多約定
變易也一樣多，像踏響
梯級下去，深入基因結構
預見下一場普世大疫
小公園的小涼亭下
你走進去，老婦步出來
彼此袒露表情，不論善意
與否。蜜蜂飛來飄去
為了亭側一棵洋紫薇樹
開花，採蜜鑿出金屬
互碰的清音，你聽從節奏
專心呼吸，像重新認識生命——

碰鈴先後在四個人手上
搖動，他們打坐在亭前
崖下的水泥地上，冥想著
那枚給你踢飛的石子
比你早返回時間以外
脫去石體，復現一顆星

渡謠

海岸線筆直，也及時折角
以港灣牢接更多波動
碼頭兀自突出，像眼睛

在你臉上髮膚中擘露，看
足下渡輪出航便安心
甲板開始傳來柏油道上

失修的顛簸，你習慣待公車
開動，掏出手機讀一章經文

車途蜿蜒蛇行於聖言之間

晨禱：首先不要塞車
汽笛叫穿水聲，旁船漸近
艙內乘客也寥落，像不多人

與你同船，幾個香港小孩
英語談得流利，幾對中年男女
遂提高捲舌聲調，你以為

眾音好跟波濤對話。船與船
始終分渡往一岸二地，紅磡
九龍城，像你在岔思——海底

管道內恆有列車疾追光電數據
一封垃圾電郵潛入手機
你不在工作中，沒空一看

唯眺水盡外東九龍樓城與橫嶺
靜中，含動，陸地蠕爬在海的身上
像遠古方舟另有去向。風景

教你放空自己，才感倦意湧自
骨肉，而天空也疲憊，潑雲
塗去群山——獅子山太平山

鳳凰山此山又彼山，太多尖浪
粉碎為沙，汽笛聲中讓運沙船
載進你畫過的塗鴉，畫像已模糊

天水圍北三首

其一、暫時的河

水自天上來，你仰隨某朵雲
走過了輕鐵車軌，視線邊緣
兩堵公屋樓牆迫起小山
在遠，你排一身汗，山長大
迫起曲徑爬抵峰頂，粵語
和普通話避開你，狗吠停你
一道橋前躍像一下子接上山徑
鳥影比你略寬，孤單劃地

你只聽得風聲，後來水也低唱
天水圍人的故事在腳下淌流——
眾音中你更聽從自己
世上便沒有甚麼阻止你
像你出生了，就此半生，至今
回頭雲朵散消，留下腐臭
吸引你尚留在地上。水流
依時收退，恢復渠貌，淤泥
垃圾，必有你多年所撒所拉
跟你腳步行進，天澤天恩天華
諸邨沿渠交替像昨天與今天
只換了名字。你並未停步
二胡獨奏，還是歌唱於口琴
伴奏下，你懷疑當音樂休止
你們已認得彼此，在勞工處

在社會福利署。但你駐足時
天地變暗，支架上照相機
鏡頭把人眼長長拉進
向水邊泥窪，陷凸陷凸
許多呼吸——它剛失去影子
本應疊壓你，像以你為中心
盤旋，雨彈，甩打，羽身
它眼下傘花也綻開，你濕透
在原地注視傘下人與鏡頭
水漲過泥窪，淹造暫時的河
傘花逐漸飄遠，你才再走
走入雨後，晴光照水，靈魂
浮水晃舞在你身上，阻止不了
你跨越渠欄。卻止住。它也斜睞
對岸那人逃跑中，丟了大布包

草藥混雜零錢，三個制服人員
窮追上去，又像你止住。一隻手
既舉破水流，沉沒處有魚跳起
涉水間，放大，供它俯衝掠食

其二、在路上

夕陽落經山坳，海面，車頭
車尾，在公路蠕進。你偶一
睡不著，再沒有人從車窗旁
抬頭。他們各握有小窗，隨處
敞開宇宙或私處，可能通向你——

小窗截存遠近光景，天空如何
幽閉，像經血發黑了，你記起
某條內褲，還待清理——兩次
經期的間距，忍耐，跟同一個他
和好，再分手，種萎半盆植物

輕鐵西鐵巴士依舊轉駁來去
為了工作，像陌生的主角們
讓你得優異獎，廣告公司有同事
陪你領獎——二進制數字是
光和影，人與世界交換虛實

也是他隔空恭喜你；你，一枚
笑臉；他，約你有空見面吃飯；
你OK了，經痛中指頭滑動前事
你的東京拉麵，他的新北江商場
壽司；你拍下晴空塔，他覆你

母校校舍；你有落櫻，他有木棉
天水圍從來穩抱他，居住，上學
任職連鎖壽司店，像另一個你
直至廣告公司取錄你——通宵慶祝
同事還得上班，你預先告假半天

一條夜路穿入你眼，有時是柏油道
有時是隧道，港島過去九龍也過去

天水圍才破曉，有時憶往，有時
想像，輕鐵車軌盤結在腦袋，岔出
向北陲，天恒邨中一座一層一個

細胞，包育你的床，床邊盆栽
枯剩的花葉，你剪除那一葉乾焦
下腹緊痛，埋入盆泥就接回枝幹
他折下分植一株送你——你躺上床
他震動你，說早晨，喚你上班去

其三、迷遇

十字天橋，與另一座十字天橋
拔河，你在那邊驟念故人，走上
這邊已忘掉。立定，禱求一線指引
橋下流失最後一輛車子，橋上空氣

窒止為耳鳴——足球，破風，墜落
空曠車道，幾個孩子追球奔來
你扶起摔在面前的，問路時恍然
你仍聽不見。見他招手，你跟著走

下橋，貨櫃車一輛二輛，震癢腳板

復通聽感後，他說的第一句話：
你哋廣東話咁難聽，邊度鄉下架？
單車徑墊托腳步，白白橫越午後

碎花、卡通角色、純色，棉被
浴了光，癱睡像把國族燙平在
國旗，你們周遊列國，拐彎
入邨又坐下，領匯商場涼蔭中

長凳上旁人漸多，迫你融失自己
他舔著冰淇淋回來，一時認不出
有多老的才是你——一棵棵菜乾
一枚枚蠔豉，生曬在相鄰屋邨

他食味精撈麵，飲汽水，你付款
像他父母總帶他，擠巴士赴落馬洲
過關，深圳，大吃大喝度週末
他更期待假期更長，舉家一直北上

不返，像明知起初你問他，那目的地
並不存在。他現已飽足，恰領你走過
十字路口，從此正可回眺十字天橋
你問他有否迷路——傻嘅，我喺度住架

然後在安全島上，你乍見所有方向
一一背向你，你再走不了，你忘掉他
他不明白，重述你們的腳程——唯你
僅記起在胸前劃十字聖號，說了阿們

胯下湧滲尿跡，像眼前萬家邨樓
圍迫間，一道隙縫，只有天空接地
他慌忙撇下你，過了馬路，輕鐵來去
逃走路上滾來一個足球。他，踏停它

元朗公園速寫

幾座祖墳在公園
入口處，倒像
後來才建成的設施
告示生命的源頭
在於逝亡

不少孩童帶來
父母和南亞家傭
他們的祖宗都不在
此地，或與他們的

未來都一樣

像白天有候鳥
飛越園內百鳥塔
沒有遇見塔樓
所困養的群鳥
入夜後如何入睡

光從入口處照出去
幾道影子相繼繞過
燈柱，融於樹蔭
這裡偷歡喘息中
不管那裡悽嚷著分手

密居誌三首

其一

城市區域街道樓廈
樓層房子分割的房間
你在經濟援助申請表上
填寫地址，像操練萎縮
牆灰脫墜擦過手背
水與米煮出飯香
你終於拉光肚子
沖廁聲嵌入洗衣機

一直運作的噪音中
你把紙筆換為鍋鏟
爐火前忙做一道菜
雙腳卻閒得沒有
從馬桶走開二三步
像你活成不完整的人
因居於這不完整的空間
填表如廁做飯洗衣的你
聚集於你，教你感到
分裂，像心坎又有脹痛
幾乎衝破屢經縫合的胸肌

其二

他躺在電視畫面前翻身並夢見
另一個他滑手機滑過量子論
還有一個他打開宗教典籍
他們都不認識的他握緊搖控器

他閉上眼才往星空升空
他以為人間只屬一己所懷之舊
他在祈禱中想像正臥於棺材
他關燈前瞅了床位壁上的掛曆

電視新聞報導他獲派最偏遠的公屋

報導另一個他年輕三十年再為生活打拼
還報導還有一個他一覺醒來康復了
他們都不認識的他拒絕任何報導

其二

城市的牆已夠繁密
像上帝勤於關門
而馬虎於開窗

我在多年來的很多遍

面試中來回徒勞，也在
晝夜禱告中，忍耐日子老去

由窄床至牆之間，尚有
些許餘位，滿佈日用百物
像沒有工作正好睡得更累

劏房旁室也一劏為四
才數算在此已十年，十年前
還感恩住進新劏的房間

輯三

香港飲食詩系

苦味令他特別清醒

知炭在燒，砂在響，從前物
與人，事與情景，氣溫與天色
重聚擠進一顆顆栗子，催熟
欲裂，便領悟時間像平滑肌
收放不由人

龜苓膏

而萬物具形，固定與流動之間
碗中的黑物黏著光，像龜不離殼
苦味令他特別清醒，由龜的本形
到龜苓膏的異相，還跟他作畫一樣
或許根本沒有用龜，虛說功效
也像他參賽多敗，畫酬少得

下一幅，絕黑線條畫熾烈的火
火的故事悠長但總有起始

意外，或天啟以後，燃燒中
有了熟食，也有了文明和規律

活在文明和規律，他沉入凌晨畫火
筆尖挖空白天為糊口勞累爬升的自己

火呈甚麼形狀？消除諸般火形
再下筆時，火趁他倦透駕馭他

在門後並在顯示器內，棺木被焚盡

那麼父親的形相只存留照片裡

完稿，倒在感壓筆旁，便醒於
鬧鐘響聲。城變，家事，痛

像口腔灼傷，喉頭悶燒，額上
烙腫，他原有火種在體內長燃

坐在涼茶舖的角落，他反而聚焦所有
年老顧客的目光，像暗示年輕在此為過

內街的角落裡，涼茶舖歷疫結業前
他又落敗，卻掏出紙筆速寫老闆的側面

得畫也不回應一聲，像父親對他
生前從來沒認同，倒沒否定他

碗仔翅

鏡頭最終從碗仔翅迴轉過來
導演自問城市過多損毀和消逝
還拍片記錄微物小事的意義

頒獎禮上導演感謝多位
已故電影大師和在世的你
說起彼時與你合導的短片

這些你都不知道，也錯過
舊同學邀請協助拍攝碗仔翅

紀錄片，在大學畢業近四年後

碗仔翅早已不為替代魚翅
木耳、冬菇、粉絲、雞絲
烹成熟悉的味道像你的工作

讓團隊的便當準時送來，哄小孩
或小狗投入拍攝，找尋堅韌的
氣球，等等，你活在電視台下游

執行上游的指令，製作節目
早已不為創作，像她遷出與你
同住的居所前所說，不如轉行

她寫下多份開拍無期的劇本
編修他人的劇本，提供意念
改寫不了際遇，蒙受過多虧付

偷減用料口感稀淡澱粉結團黏底
知道壞的但好的總不順道，總在
生活的遠處，而你們只為無聊

錯過歌舞片在影院重映，休假時
在線上同看，結局處戀人已分手
卻見廝守下去的假設，像新的現實

還沒多久她決定停筆，轉職保險
想擺脫人生的風險。決定像許多人
隨她的家人移民，那天你們吃碗仔翅

肉絲和蛋花下得豐盛，吃得飽滿
記起了生命本該的好處，像高中
大學、就職，你們相識接近十年

重拍四十次，不知為何仍在拍的
下一次，小狗終於明白你的心意
在草地上左右翻滾，彈跳行走

攝影師竟先關機了。一個夢抄襲

蘇聯電影，當聖像畫家在戰亂裡
罷畫、緘默，你入場重歷光影間

少年不懂也相信，不可能鑄鐘
也鑄出巨鐘。渾厚鐘聲中，畫家
重拾畫筆和意志，畫下巔峰名作

離場才遇上舊同學，彼此看了
同一齣電影，他沒有錯過你
邀請你協助拍攝車仔麵紀錄片

牛什麵

吞進口腔以後，再不見光
食道，胃，大小腸，密閉在
肉骨下，排泄竟像漫漫長夜後
重遇破曉。維持生命的過程
在黑箱裡運作，而經上記著
神按自己的形象造人，你疑惑
神的內在也暗？你作飯前默禱
師傅從牛什盤中依序撿起
牛肺，牛腸，金錢肚，牛膀
切塊組拼於濃湯幼麵上
像仿構牛橫遭剖現的內況

一碗牛什麵在你眼前具美感
那些一反美感的情狀密閉在
其他時空下，汆水，去膻
清除餘血和脂肪，處處黏膩
麵條與牛什摩擦味蕾，你享受
進食，斜瞅餐桌的透明隔板上
沾漬像麵店內電視廣播疫情
你疑惑，病毒群落也在地球
作為食客，享受進食？你喝光
牛骨湯汁，老婦人與你併桌
久嚼五香牛什及腐乳通菜
嚐夠味道才吐出渣滓，一坨
土褐，一坨草綠，像牛會反芻

兩餸飯

傍晚道路割分了時機和運勢
汽車往來旨在耗時與改運

老人們沿路邊排列在聖堂外
像基督提早回來掰開自己

分派便當，對面的食店也有人
排隊，沒那麼老卻也人屆中年

汽車擠塞。你身在人群中間
想想早上探望過母親，她長年

暫宿私營安老院，等候公立的
床位，像你離婚後按月付贍養費

經年累月等候政府安排餘生的居所
你站在原地像一個環節，在交錯處

扣連多條鏈條，拉扯中進退不得
金屬磨響自背後另一環節，那男人

腰飾的鏈條，壯碩臂膀紋有佛家

伏魔金剛，像煞很有故事的人

正與你接鄰在彼此的人生
前一個環節推進，你們推進

食店櫥窗內有你一整天的情緒
與欲望，整齊陳列於各個方盤上

你嗜辣味，但近日燥熱，迴避
三杯雞、麻婆豆腐、椒鹽豬扒

不如多付點錢，點豉汁蒸鯧魚
或秋刀魚、鯇魚腩，但久活易累

不想頻吐魚骨。吃清淡也不錯
視線橫過南乳炆豬手，栗子炆雞

選上鹹蛋蒸肉餅。還要蔬菜
生菜、芥蘭、小白菜以外

竟有蕃薯苗。多點一道餸
但怕吃不下，飯量也可少些

問起今天例湯用料。西洋菜
煲豬骨。母親和你最喜歡喝

端著飯菜走過，其他食客吃著
你略而未選的菜式，才知滿座了

你站在原地像一個環節，求一處
缺口，對面的聖堂剛敲響暮鐘

車仔麵Ⅰ

——靈感來源於香港年輕水墨畫家沈君怡畫作

夜眺海上群島，霧氣翻升
像一幅水墨奇觀。燈亮
山水換身，牛腩在滷水裡
沸騰。停電半天，適應幽暗
光明才照下，照清的心思
明瞭其實適應小店空間
取水，切物，醃味，烹煮
十多年工夫，才可應付暗境
咖哩汁、魚蛋和蘿蔔有三種黃
下油麵灼熟，另一種黃有攝影

與藝術的鋒芒，刺透眼睛及記憶
霧氣翻升像白紗布，遮蔽時空
脆弱的傷口，土色溫泉裡泡身
皮肉與骨互相鬆開，空無中
感應山的脈搏，預視霧氣後
藏著日後的輪廓。繼承家業
而攝影歷程止於日本九州風光
鏡頭仍在瞳仁間，望穿霧氣
店內復明後，端上像有光的麵

車仔麵 II

日子恰像他們可見的格子
拼湊於爐火上，盛載一款款
熟食，一種種選擇和組合
在光顧多年的車仔麵店內

雞翼尖／雞中翼／雞腎
蘿蔔／金菇／時菜／牛腩

從前搬離老家，三百多平方呎
屈壓遠多於一倍，像駱駝

穿過針眼，但他窮，信主
卻沒有拋下所有跟從

魚肉／魚蛋／魚片
紅腸／香腸／芝士腸

跟她困居在此格子，等候
政府房屋，很多人和格子
已在前面等候，直到已經
來日無多，他們也青春無多

豬皮／豬血／豬大腸
牛丸／墨魚丸／貢丸

他知姑姑獨住政府房屋，肚皮
開有造口，流出糞液和生命
或接受三人共居，互訴放浪往事
同為必來之日禱告，傳承格子？

魷魚／牛柏葉／蟹柳
魚皮餃／鳳爪／豆卜

壁癌隨窄牆滲水在他們
深處蔓延。另找地方容身
機遇落在更小一點的高層格子
竟設大窗像可豢養光和風

粗麵／幼麵／油麵
河粉／米粉／米線

但他們沒有。姑姑獨住至終
後來他們錯失與房東簽約作實
悔悟自己的愚魯，像餓中摔碎
一碗車仔麵，還在地上分辨物類

配料／麵條／湯汁
自由／天意／想像

迎著社工來電，趕上賓館內

最後有窗戶的格子，限租兩年
床在生活核心，本來承托別人的
匆忙床事，他們倒更多作起居諸事

大地魚湯

偏離鬧市的主動脈，僅走在
一條街以外，心跳與呼吸放慢了
你與我，尚未碰見其他路人
才像轉返著意己身，腸胃餓扁

嗅覺遂敞開，一道門那麼窄
老舊麵店內我們卻是新客
來回經過只瞥看價錢，刻意錯過
門內傳統雲吞麵——先喝一口湯

鹹鮮味道漫過牙舌，像漁網
從洋流裡捕獲鱸魚、黃花魚
烏頭、馬友，混在體豐肉嫩的
魚群中，大地魚扁薄得不成魚樣

渾身粗礪像大地所棄的泥塊
抵受海洋的重量，化於我們體內
而入網前，蜆貝也化於魚內
連麵帶湯吃光，兩個空碗不曉得

你全職創作手工藝，我終日書寫
詩篇，像戮力延續他人的遺忘
教我們早已適應其他麵店中
雲吞麵乏之味，省錢又堪飽足

辛三首

其一——同好

手機上異國風災像夏午
他吃麻辣燙，湧一身汗
空調下風乾跟車店內
諸輛名車一樣涼快

午飯前她掘開馬路尋找
輸水管，沙泥間暴汗

流得比時光快——餓了
才記掛街角麻辣燙小店

玻璃透明卻仍堅在作牆
遇有雲蔭抹除了鏡像
天崩透光如惺忪睡眼
無視世界折疊又相隔

水柱立起像及時慈悲
略消暑氣，捶裂玻璃

其二——戒辣

天空在你的眼裡
已給硬迫入死角
褻瀆著天橋交匯處
你搔搔褲襠像很自由
開小差躺寐前蹓躂
張望厚雲孵出群鳥
漫飛，淡忘清淡午飯
擦過腸胃的深長割痕——
癒合多時，像你從來
未嗜吃辛辣，半生
平順得渴求午後有夢
讓你由自己的嘴巴脫出

走在手推車後。車上
塑膠桶，垃圾夾，掃帚
與你俱於天橋光隙下
你側臥看見你的嘴角
有辣汁風乾了，可能
吃過魚蛋，又可能吃過
廣西螺螄粉和炒田螺
臉上火紅與汗像儀式
抗議自己生而為人
而為人間多造幾個人
兒女們身上也常嚐辣燙
餓著飽吃你吃飽後的
拳頭。你目睹你的時間
像垃圾堆塞在街道上
仍待你睡醒才幹活清掃

其二——激情

麵檔內時空開始黏滯
疲軟的手遂再使勁
緊執著鍋鏟，攪混
盛辣氣味蒸騰起來
像你總愛陪我入廚
親我的鼻子輕舔汗鹹
在家中炒成第一鍋辣油

我才衝動吻啜你的唇舌

成年前令彼此
早嚐成年的滋味

互相灼痛著下體
像生命中初吃辛辣

「有了孩子會怎樣？」
「也教他炒辣油吧。」

油，蒜泥，蔥頭，八角
碎辣椒，氣泡，焦黃

製法自母家祖傳，我
熟練了又試下小櫻蝦

白芝麻，學效你創作——
騎坐上我，靜息時唸詩

你說有久遠的與遠方的
都不像你直寫自己在乳頭

和龜頭之間唸幾行詩
只為我唸，而我不識詩

「你叫我最快樂，你也
叫我最心痛，啦啦啦啦啦。」[1]

哼唱流行歌詞來接近詩
疲軟的手鬆開了鍋鏟

那鍋辣油尚未完成
像時空從來僅擱於當下

麵檔內母親跟老朋友談笑
談談你留學美國生活美好

1 編註：此句為陳奕迅歌曲〈抱擁這分鐘〉歌詞，潘源良詞，Jim Lee 曲。

雞蛋仔

風不住吹拂，阿楓不認識
阿豐不認識阿鋒。阿楓隨手
丟石，烏鴉驚恐避飛，沒多久
鳥喙及鳥爪之間，蜜蜂驚恐
避飛，飛進街角眾人群聚的
小食舖，各人驚恐，移避
像清理出航道，讓蜜蜂返巢——
蛋漿溢過模板上密集的圓坑
在爐火上成形脫模，像熬煉
一個個新生命，幾分鐘的工夫
阿豐做了近四十年，交租、養家

買房、購舖，人生併合於一整塊
雞蛋仔，才沒有閒情留意蜜蜂
像蜜蜂自然也沒有錯認，前方
只是一堵金黃色的牆，拔升而去
小食舖所在的住宅大樓，天台上
阿鋒檢查蜂箱內，蜂群採集的
花粉，蜂后產下的卵，按蜂族習性
也按時節氣候，春冬二季忙於
收成蜂蜜，不忘伸指蘸嚐一點
甜美，夏秋之際倒要自製糖液
餵養缺食的蜂群，像照料天台下
與他共居的祖父母，開伙煮飯
洗衣烘衣，提醒服藥，生活排程
密集間，四季輪流穿越樓下
食客們像蜂群不散，他卻在外出

或回家側身擠過去時，想不起
自己多久沒有再吃。阿楓到此排隊
從尾巴推進至隊首，像他縱貫
一片相連的大地，慕名來吃
道地雞蛋仔，而風一直不住吹拂

炒栗子

像一個時代，多個時代
還散飄於空氣，吸一口風
知炭在燒，砂在響，從前物
與人，事與情景，氣溫與天色
重聚擠進一顆顆栗子，催熟
欲裂，便領悟時間像平滑肌
收放不由人，飢感催動腸胃
卻明知正通勤途經小學母校外

（像一個校長，多個校長

已退下權位或人世，現任的
吸一口風，知有火與危機
在校牆外的木頭車。車旁
沒有人，小販管理隊找不著
買賣行為，警察看後離去
消防車鳴笛駛至，無災可救
炒栗人在他們都不在時，穿越
灰煙而回，移車像追逐風中煙）

像人父之上，自有人父
還在後人身上，吸一口風
知道時候了，放一小袋栗子
在獨照前，記得照片中人
生前也如此。白砂糖炒熔於

黑砂裡，死也融於生，栗子
在鐵鍋內翻滾碰撞，像微觀
物質構成，一切基本的力
剝殼，放一顆栗肉在小手上
溫著幼嫩的掌肉，說木頭車上
還有炭煨蕃薯，鹽焗鵪鶉蛋

嘉應子

枝頭上初熟的李子
可能已經夢見你
像你所不在的世界
有一棵樹，掛滿
你做過的夢。

夢替李子略去
諸般命中苦難
採摘、醃製，直截
投胎到包裝紙下

而在你口裡獻甜

中年活得不順遂
你脫去笨拙的肉身
孩童即使生病也像遊戲
醫師把脈，母親煎藥
你嗅著苦味先吃嘉應子

認識趁甜味未消
濃藥一口氣灌掉
一下子苦到底
才沒那麼苦。

以為這次藥湯
深黑與黏稠
會最苦澀，還不及
上一次喝下整碗稀泥
治好發燒重症

甜味盡去，李子
重掛於現實的枝頭上
你一時還不想回去
像小學默書日前夕
解開冬衣的所有鈕扣
以瘦小胸膛飽喝寒風
卻偏偏沒有噴嚏
抵達下一枚嘉應子

方包 |

工地遍佈海邊，像炎症
感染蔓延，腸道分岔前
少女越過我，而我越過
老婦人，三人各自在碼頭停步

我正好處於中間，以為自己
平衡了海水搬移的機緣際遇
少女背向我，紅色皮夾克
摸索著風的輪廓，我手上的
詩集沾砂，未有隨時想起初衷

你在上藝術課，場地本為
宰牛屠房，在洗淨的血
和消散的哀號中學習創造
我帶書步向海。帆船自遠景
脫離，高桅長影像時針刺中我
少女登船，甲板上有酒肉派對

老婦人身穿瘀青色毛衣，更像
破爛纖維間經年滋長的生物
由白膠袋掏出白方包，擘開
拋下，海面皺紋上的漣漪
像瞬光僅照魚影。她餵魚
日光挪動世間一切影子

我看白膠袋上和海上
皆上演皮影戲，我在當中

兒時不愛白方包，母親
卻鮮少買偏黃色的甜方包
成年就業，獨居中未結識你
吃壞了肚子，醫生指示只吃
白方包，餓了才吃下一片
給腸胃休養，恢復後還吃下去
作早餐。總有餘剩的也帶往
公園餵魚，或發霉呈瘀青色

穿在老婦人身上。這個城市
最常見的白方包，商家命名為

「生命」，她掏盡袋中所有
像為一睹仍有生機與自己相關

「說是悲哀也可以說吧
事物的味道
我嚐得太早了」[2]

不過分神讀了一頁短歌
石川啄木，老婦人已不在
像雲蔽日光。「今次課題：
藝術如何進入社區？」
你傳來短訊，我想寫詩

---

2 編註：引自日本詩人石川啄木（一八八六—一九一二）的詩歌〈煙〉。

方包 II

張政邦陳卓傑朱志良戴振東
周美怡游慕蓮馮名妮李惠儀
你在照片裡認出眾多別人
才認出自己

遷校前最後一屆畢業生
在小學的禮堂裡排列合照
像群立於後來的新路上
洶湧車流間笑得詭奇

新路也砍掉恰與你父親同名的
茶餐廳，總在火腿通粉前
你只管吃牛油方包，像沙嗲
牛肉麵前，父親細味奶茶要緊

模特兒餐廳老闆救護員律師
建築監工作家傳道人主婦
你在照片裡認不出眾多別人
才認不出自己

校友會籌款晚宴在上個月
你駐守工作三天的酒店進行
替補其他保安員休假的空檔
由公司調派轉赴城市各處

與她同吃早餐三年，雪菜肉絲
米粉和火腿通粉之間，你先吃下
二人份的牛油方包，她仍不明白
你的主次，像看群戲中的無名角色

少看電影與書，但你有時候反而
像主角：暗藏指環猶豫著求婚
答覆醫生要不要繼續為父親急救
接過印章及非此即彼的選票

雪糕車

一個念頭穿透眾物
光柱碰開雲塊
斜堵在碼頭旁
鴿子乘光而下
站在兩個人，祖父
與孫兒之間啄地覓食
它記得汽車飄來的樂曲
卻無法告知下一代
像它沒有從祖上
繼承同一首樂曲的記憶
而遠祖那時只會

飛行中沉迷聆聽風
人還未創造音樂
還未從猿類演進過來
剛學會握獸骨擊打
拋擲擊落飛過的——

環形太空站漂浮
車輪停轉
鴿子返回天空盤旋伺機
祖父的瞳仁裡
汽車裡的人
從機器擠下一圈圈的
告訴孫兒
這是從天上擠下來的白雲

雲外有黑暗的太空
在一部很老的太空電影中
可聽見這首更老的樂曲
看見比現在遙遠太多的未來
孫兒
太像兒子兒時
嘗著那甜美笑不攏嘴
同樣問起這是甚麼樂曲
汽車停在此處
也始終駛動於悠長時光上

杏仁霜 I

深色耐髒，但你喜歡白，喝著
杏仁霜說太淡，肯定沒有下奶
我們蒙著塵生活，在茶餐廳等待
投幣機器洗衣，洗掉污漬與原色

你喜歡白，也知深色耐髒，鞋子
代替我們蒙塵，在世行走像沾污
與磨損，你的鞋子破了也不再
潔白，觸著新鞋子你像感初潮的痛

我們的生命耐髒，但我們喜歡美好
你說起首爾的冬旅，那件厚白衛衣
像平原，讓狐獴挖掘，脫線纏成雪花

盼待下一次外遊。黑髮耐髒，但我說
白髮也耐看，為你拔除繁影間的一線光
一痛，拈不住，融化在杯中杏仁霜

杏仁霜 II

父親客串演出自己，按事先指示
沒有偷看遠處著名茶座裡大明星們
演多角感情戲。NG，重拍。父親
自覺比他們更入戲，雖然在鏡頭前

他才在遠處，只在畫面一角打掃
多年來由他打掃的街道，看遍
攝製過程塑造星光，養活一家人
你不像兄姊，甚至不像父親

隨家人到茶餐廳，你還點杏仁霜
從父親為你點的首杯，奶和杏香
進入體內，像濃稠的白雲模仿
乳房分泌乳汁，你從未見過母親

與餐桌上幾杯奶茶相對，杏仁霜
只在一角，你在大腿上展開畫簿
畫美術課習作：林木稀疏，邊陲
獨有一棵白樹。林木茂密起來

兄姊早婚，育兒，你成為叔叔
和舅舅，卻沒有更顯眼，像電影
終究剪掉父親的戲份。父親退休
你在茶餐廳當侍應，餐牌上已不見

杏仁霜，南下的食客們總慕名於
奶茶，鴛鴦。老闆開分店，你轉職
另一小店，兼顧幫忙沖泡飲料
師傅比你年輕十多年，指導你

杏仁霜粉溶進沸水，再下淡奶
骨灰撒在樹下遇雨，浮泥有流霜
雨後一家人聊起父親的一生，你
說出那部電影，原來他們都不知道

蚸蚶[3]

童年
存放在
一顆貝殼裡
迷惘和愚昧
正好吻合
殼上坑狀
父親在飯桌前
合攏指頭

3 編註：台灣俗稱「血蛤」。

像要捏平
生命的波浪
才掰殼
說：這是血
你想喝嗎？

看著父親
頭往後一仰
飲血並啜肉
像敞開你
不在內的空間
晚飯已吃得很飽
你不會再走近
飯桌

這段距離之間
父親加班晚歸
在你嗜讀的漫畫
以外

獨

吃
翻過書頁上分格
和線條
熱血和淚水
懵懂和啟示
圖像旁文字
愈讀愈多愈繁複
小說的外形
又像電影鏡框
一場守聖餐的戲

你和她
安坐
不會走近聖桌
這段距離之間
看著已加入教會的人們
喝血並咀嚼身體
牧者說起
父啊
鏡頭才輕輕推近
桌上有一幀
父親的照片
你好好看清楚
另一場儀式以後
和她同桌吃飯
合攏指頭

貝殼卻頑固
像回不去的時光
你忍痛掰開了
血和肉

西洋菜 4

西洋菜漂移，擦著紅蘿蔔
掃及蜜棗，南杏北杏豬骨
我開玩笑說湯水中似有卦象
你也笑了，問我看出來的
預兆。誰知道？總之要吃光。
我們吃下甚多了，還有所餘剩

後來特意再訪，店子餘剩一口
深洞，沒有光能逃脫，像生命
對我們所作——上一趟本來

在偶然出差的路上，你一時
興起來會合我，一起走進從未
走進的地區，試為晚飯探險

店子的飯食平庸，然而送上
兩碗大湯，像在報償——世上
有芝麻、椰子害你敏感頭昏
西洋菜的味道在百般蔬菜中
也像報償於你。尤其居所不便
做飯，我們只靠外食碰運氣

4 編註：又稱為豆瓣菜，台灣則稱為水茼蒿、水芹。西洋菜為香港常見蔬菜，多用於煮湯或是火鍋。香港旺角的「西洋菜街」便是因早期該處一帶多種植西洋菜而得名。

再遇上西洋菜之前，我們經歷
惡意壞事，大概按活著的常理
我慣於不抱期望，總先置疑
及否定，你改不了直斥我後
對人間仍存好奇，讓大不同的
我們，活像一個完整的人格

隨沸鍋裡的熱流旋舞，移至
我們的面前，灼透了的西洋菜
沾上蠔油，旁伴魚片河牛丸麵
你裝作認真說莖葉交錯似有啟示
我忍住笑了，問你看出來的未來
說不定呢。反正西洋菜很好吃。

菜心

菜心褪去遍體嫩綠，母親下手
再慢些淡些，我也已中年了
在童年嚐過外婆做的白灼菜心
記得母親還嫌怎麼不下點糖鹽

母親還下蒜泥和薑片去炒，飯桌上
總有一碗我的菜心，吃著成長、自立
這天難得回老家吃飯，與她共吃
一碟菜心，像闖入別人日常的客人

灼得太軟的纖維，我咀嚼間從童年
追逐未來，也自現在懷緬，卻互相
錯過了，像外婆有四子二女五孫
母親近年喪偶，我跟弟不和而離家

母親幾乎只吃菜心，說它正氣
在生菜芥蘭白菜菠菜通菜莧菜以外
我幾乎只擅長寫作，拮据度日
已深知外食的人生中，肉濫菜稀

開始書寫本地飲食，不知如何寫菜心
世界跟母親安於疏離，而她沒教我寫作
但疫病初癒也堅持做另一頓飯，餞別我
遠赴的地方難尋菜心，於是我寫下了——

蛋撻

敲破蛋殼後半天
我推敲一首詩中的下一句

拌合兩隻蛋前一週
兩位友人各自探訪我

一人寫敘事有實有虛的詩
坦言對另一人的詩無感

一人寫詩為實驗語言和意象
不明白另一人何不寫小說

請一人隔著爐門猜：
酥皮的？我搖頭

也請另一人搔著頭猜：
牛油皮的？我說不

對了，傳說宇宙創生於一隻蛋
孩子們輕易忘掉最巨大的秘密

白粥油炸鬼

時鐘秒針定指一處，還抖動
像碰上障壁，但時間總冒充
年老夫婦的神，跨步逾越一切。
零時剛過而城市當然沒有
從瘟疫康復。在新的一天
昨天他們留連公共圖書館
翻閱報紙，躲避連場寒雨
撐傘往超市補給一點日用品
雨歇時光顧食店，他正好
吃白粥舒緩寒意和喉痛
她也正好有藉口吃油炸鬼

始終沒有依從他喚作油條
卻依從其他食客般匆匆重戴口罩
才聊天，電視新聞提醒翌日的
禁令，他們像已看見店門外
他們冒雨挽著外賣白粥油炸鬼
沿道走回，超市、圖書館
跟他們隔離——一雙城市的鬼
在教會門前過不了總帶善意
和笑意的牧師、執事，阿們。
困於街道上，碰上記者街訪
問如何看禁令？他對麥克風說
一句必須刪剪的話。白粥
從腸胃進入血管，血液奔流
像喧嚷著事物的好處與弊端
反正還在店內，跟她一起躲避

病毒與疫苗，他多點一碗白粥

熟食小販市場

鼠眼內閃光燈曝光，攝影師及時
拍下鼠蹤，並不打算用於訪問報道——
今天才是最後一天，卻再沒有外人
來訪，來者皆是熟客，你在其中

檔主夫婦疲憊得無力再談當年
街邊茶檔遷入頂蓋下的熟食市場
經營多年還在公文上給列為小販
得知閉場前，早已只得自行治鼠

碎牛蛋治烘底[5]，茶走[6]，照舊放在面前
你向來沉默，寒暑間吃不用點餐的早餐
其他熟客比你好談，好多感觸與嘆息
握手、拍肩，像你送別兒子一家四口

在離境閘口前幾乎對他們作了，終究
只揮揮手——昨天兒子傳訊直言掛念
你煲的老火湯水，但你記得他下班夜歸
寧願喝啤酒。明天，你可記得自己點早餐？

---

5 編註：為香港茶餐廳點餐俗語。「碎牛蛋治」為碎牛肉雞蛋三明治，「烘底」指把麵包烘烤香脆。

6 編註：為香港茶餐廳點餐俗語。指絲襪奶茶不加糖，改加煉乳替代。

地納於心

作　　者｜周漢輝
封面及內文插畫繪者｜楊學德
責任編輯｜鄧小樺
執行編輯｜莊淑婉
封面設計及內文排版｜王舒玗

出　　版｜二〇四六出版 / 一八四一出版有限公司
發　　行｜遠足文化事業股份有限公司　（讀書共和國出版集團）
社　　長｜沈旭暉
總 編 輯｜鄧小樺
地　　址｜105 台北市松山區民生東路三段 130 巷 5 弄 22 號 2 樓
郵撥帳號｜19504465 遠足文化事業股份有限公司
電子信箱｜enquiry@the2046.com
Facebook｜2046 出版社
Instagram｜@2046.press
信　　箱｜enquiry@the2046.com

法律顧問｜華洋法律事務所 蘇文生律師
印　　製｜博客斯彩藝有限公司
出版日期｜2023 年 8 月初版一刷
定　　價｜380 元
I S B N｜978-626-97023-5-0

國家圖書館出版品預行編目

地納於心 / 周漢輝作 . -- 初版 . -- 臺北市 : 二〇四六出版 , 一八四一出版有限公司出版 ;
[新北市] : 遠足文化事業股份有限公司發行 , 2023.08
240 面 ; 13x18 公分
ISBN 978-626-97023-5-0(平裝)

851.487　112012475